TIANXING SHIKU
天星诗库

那个人

马非 著

马非诗选（1991—2020）

山西出版传媒集团 北岳文艺出版社
BEIYUE LITERATURE & ART PUBLISHING HOUSE
·太原·

图书在版编目（CIP）数据

那个人：马非诗选：1991—2020 / 马非著. —太原：北岳文艺出版社，2021.6
ISBN 978-7-5378-6406-0

Ⅰ. ①那… Ⅱ. ①马… Ⅲ. ①诗集—中国—当代 Ⅳ. ①I227

中国版本图书馆CIP数据核字（2021）第100130号

那个人

马非诗选：1991—2020

马非 / 著

//

出品人
郭文礼

选题策划
古卫红

责任编辑
刘文飞

书籍设计
张永文

印装监制
郭勇

出版发行：山西出版传媒集团·北岳文艺出版社
地址：山西省太原市并州南路57号　邮编：030012
电话：0351-5628696（发行部）　0351-5628688（总编室）
传真：0351-5628680
经销商：新华书店
印刷装订：山西新华印业有限公司

开本：787mm×1092mm 1/32
字数：204千字
印张：7.375
版次：2021年6月第1版
印次：2025年1月山西第2次印刷
书号：ISBN 978-7-5378-6406-0
定价：45.00元

马非小序

（代序）

伊沙

马非者，笔名也，原名王绍玉，乳名小玉，无字无号，诗林人称：高原口语雄鹰。以诗名动天下。

其笔名得自于我，那是三十年前，他在陕师大读书时，有一次拿给我一组新作看，并署上了一个自己新起的笔名：“非也”。我读罢说：“这么有劲过瘾的诗，叫什么非也，就叫吗啡（马非）吧！”待他旋即接收后，我又说：“诗坛有非马，又有了马非，你会比他更出名。”

哦，忆往昔峥嵘岁月稠，二十多年前，我从北师大中文系毕业分配到西安外院的最初四五年里，住在单身宿舍里，处于单身或单身状态，多有附近的大学生诗人闻名而来找我交流，马非就是这么来的：北大诗人西渡写信来让我关照其弟，于是其弟西村（达达）来了，带来了一边，一边又带来了马非——马非至今不知晓，一边向我介绍他时我差点不让来，说他是某著名诗人的侄子，我马上想到一个满嘴文坛轶事的一个文二代形象……

初次见面，我几乎认为是一个错误：在我像以往的交流那般读了几首新作后，这个沉默寡言的低年级大学生忽然爆炸了：“……你怎么不把梅花写成梅毒呢？”“好，我就把梅花写成梅毒！”我反唇相讥道，随后，写出了《梅花：一首失败的抒情诗》。我想：这个孩子不会再出现了，我将不会有机会在其面前念此诗……我想错了，过了两星期，他又来了，拿来一组整整齐齐抄在稿纸上的生猛的口语诗，宣告从校园情诗转向。

从此一去不回头。

那群少年中，最能说的是一边，最不能说的是马非，他每次来都拎着一瓶白酒，倒在我单身宿舍仅有的两个搪瓷碗里，大家轮流喝，一个接一个念诗，然后热烈讨论，哦，那个场面感人肺腑，没有这般经历者的青春才叫贫乏……孙甘露有小说《我是少年酒坛子》，像在写少年马非，一个东北少年少时随父母迁居西北高原苦寒之地，你不让他喝点儿还能怎么着呢？这一路喝下去就刹不住车了——待到世纪之交时，诗林之中，江湖之上，马非酒名竟比诗名还盛，几乎所有有酒名的老前辈都被他灌翻喝到桌下去过，堪称酒桌上的“王中王”，唉，那时候，有马非在的酒桌上，我的底气是比较足的，有他罩着我呢！现如今，他不喝了，我见酒犹虚，不敢主动敬人。

据说人类动一下脑子，大脑上便多一道沟回，酒饮三十年，酒王们都在身体上留下了痕迹，那么诗写三十年呢？

我肯定是第一个指出“马非诗中并无酒精含量”的论者，谁的有？李白有，布考斯基有，马非并没有。其诗与酒无关，并非酒后产物——并非是酒的副产品。

酒与中国人的关系另有一重特殊性：该民族闷骚，酒壮怂人胆，“三杯弄宝刀”，酒后皆诗人，所谓“诗人”者，哇哇滥抒情。酒后马非不作诗，他将这一层释放交给了即席放歌，颇得青海少数民族的风气，他的拿手曲目《父亲的草原母亲的河》正是台湾蒙古族诗人席慕容作的词。

而诗是另一回事。

三十年前，他从我身上接受的诗是这样的：有劲、痛快、好玩、过瘾、智性、摇滚、说人话的后现代主义文化背景下的口语诗，是抑制才子气、文人气、文艺范儿、浪漫主义、性情中人的，在调调儿上是趋冷近酷的——其实，现代主义就是一个大雪原，可对中国诗人来一次必要的冷处理——不信你们掐指算算，四十多年来，在诗上有建树者，都是这一关过得比较好的，其中当然包括70后的马非。

在此之后漫长的写作实践中，他从自身特点出发形成了个人风格：人实诚，诗便实在，他将实在做到了极致，剔除掉所有的虚头八脑，最终直抵“事实的诗意”，直抵典型性“后口语诗”。实加实就等于实吗？当然不是这样的。经过漫长的实践之后，尤其是当手艺从拙加拙升华为大巧之后，马非最好的诗抵达了他热爱向往的大师——王维的禅境。像《新诗典》推荐过的《从一个不下雾的地方》《一把铁锹》《在草原上》《秋天的蚂蚱》《内心柔软的时刻》《伟大的战争》《花朵》《雨夜》等。现代社会日常生活的禅诗，出自于一个实在人甚至是某些自命天才眼中的“笨人”之手——这有什么好奇怪的？这一路的大宗师王维本就是个宦游人、北方人、一米八、丰伟者。如果说在《新诗典》十年31首的满额成绩单是其耐力、稳定性、日常写作、专业精神的体现，那么这8首出色的现代禅诗（另类中还有其他出色者），是其独特性、个人风格、诗学境界、艺术造诣的体现，如此便卓然而成一大家。

在我眼中，马非不虚妄、不浮夸、不玩虚的、不好高骛远，能够实事求是地面对自身，扬己之长，避己之短，脚踏实地，百炼成钢，对先进的后口语诗学始终坚定不移，一条道走到天高地阔、春色满园……

这里又富含禅机：一个人一辈子只能干成一件事，一个诗人一辈子只能写成一种诗——拥有智慧，方能觉悟。如此说来，马非又是早慧者，几年前，他已在江南某地为自己多年以后的退休提前做好了准备——准备写到老、写到死……这是“八十年代精神”？不，“九十年代精神”！

在此，我可以跟任何人打个赌：他一定只写后口语诗——若干年前，我散论他时有名言：“马非不管非口语诗人的死活”——而这正是他的厉害之处。

是为序。

2021 年 3 月 28 日—29 日于长安少陵塬兰屋

目录

第一辑 | 母亲与公鸡

002 路遇
003 陈小娟事件
005 九三年
008 彼岸
009 恶作剧似的改写
010 人不如猪
011 最后的晚餐
012 七十年代
013 民工
014 一支烟
015 一个清洁工眼中的沙尘暴
017 惨叫
018 飞翔
019 情人节
020 愚人节
021 猪（一）
022 雨夜
023 每个少年都想成为一只猫
024 天空
025 考古学家
026 春天
027 城市动物

028 我的青春小鸟一去不回来
029 登秦皇陵
031 橡皮
032 等车
033 那个人
034 从慕尼黑到萨尔茨堡
035 维纳斯
036 一片指甲
037 我见过神灵
039 麻雀
040 奶奶的死
042 挨宰
043 望庐山瀑布
044 那时候
045 只有诗人
046 大师
047 蝴蝶
048 围观
049 猪（二）
050 回头
051 街景
053 父爱
054 压力
055 格桑花
056 世界上最痛苦的人只有七岁
057 与会者
059 略感疼痛
060 游大唐芙蓉园记

062　母亲与公鸡

第二辑 | 两条毛巾

064　发妹
065　过敏
066　女人与狗
067　又见小偷
068　在高昌古城
069　车过克拉玛依
070　叶鲁番
072　这酒我不喝
074　致君儿
075　父与子
076　村里最美的女人
078　过客
079　桃林
081　所爱
082　致朋友
083　打牌
084　所见
085　恐惧
086　不合时宜
087　两条毛巾
089　郁闷
090　安检
091　想起屈原
092　祖先考

093 关系
094 我的钱包丢了
095 王道士
096 昆仑山
097 玉树地震
098 莫名其妙
099 悼念
101 雪
102 菠菜
104 不是童话
105 1957 年的爱情
106 笑话讲得不错
107 美人
108 狂笑不止
109 白血病人
110 这是我的想象难以抵达的非洲
111 在医院
112 假酒
114 母女

第三辑 | 宁为一诗人

116 丢钱包
117 春天的喜悦
118 受教育
119 登大雁塔
120 面馆里的民工
121 婚姻

122 在印加故都库斯科
123 罪魁祸首
124 拉利伯塔省省长
125 在海明威家
127 在古巴朗诵
128 宁为一诗人
129 买画
130 李招财
131 鹿回头
132 大师
134 无雾之地
135 李异老师
136 仿佛他犯了什么罪
137 中秋夜
138 我崇敬的女权主义者
139 在草原上
140 一把铁锹
141 秋天的蚂蚱
142 苦难星球
144 手指
145 告慰张老师在天之灵
146 星期二午睡时刻
147 臭手打球
148 一个诗人
149 暴雨将至
150 关于招弟的记忆
151 诗歌节上见厅长
152 错过

153 蜜月
154 自由
155 感动
156 在芝加哥艺术学院遭遇梵高
157 亲密
158 为什么
159 有时候我为什么憎恶知识分子
160 中国智慧
161 惦记
162 现象
163 诗人当有此心
164 一幅图片

第四辑 | 不好意思

166 难题
167 换锁
168 火焰山
169 福星
170 书剑
171 恐怖
172 我在锡林塔拉草原上看到的
173 不好意思
174 太原行
175 童话
176 虐童事件
177 拉黑
178 珠穆朗玛峰

179 一个日本人
180 谁敢说是美丽的
181 一个饺子
182 恐怖事件
183 冷漠
184 情人节
185 幸运儿
186 好消息
187 我已不堪到什么程度
188 大跌眼镜
189 十五块六
190 初到贵州
191 这首诗我希望他能看到
192 相信
193 黄金时代
195 有过
196 高瞻远瞩
197 处境
198 王洛宾纪念馆二题
200 花朵
201 在菜市场
202 冬日的菜市场
203 沉默
204 天下熙熙
205 我以为是幻觉
206 停电
207 大屠杀
208 惊心

209　世界的中心
210　我与牛杂店只隔一百米但被一堵墙隔开了
211　退化
213　诅咒
214　在西安地铁上
215　惊心事
216　告左右
217　雨夜

第一辑 | 母亲与公鸡

路遇

一名阿拉伯儿童
早我一步
成为汽车的香肠
那是在阿尔及尔的
一个村庄
光明的下午
四周寂静
远处的农夫
比蚂蚁还小
我看到
肇事的汽车
拍腚而去
法国人加缪
也打此路过
他手指蓝天
又指向远方的大海
对我说：“你看
它们不说话！”

1991 年

陈小娟事件

翻回 1986 年 12 月 29 日
礼拜三 普通的一天
中央电台关于本市的
天气预报如下：小雪
气温 －8℃—－8℃
风力尚未确准
预计明天晴天
在中国当代史上
这是被忽略的一天
本市第三中学的校志
也只言简意赅：
陈小娟 女 16 岁
因受其父非礼
腹内已有四月胎儿
故勒其退学
备注部分如是写着：
其父陈红专
文革时遭到迫害
精神失常 哑巴
同一天下午 3 时
本校教导主任
兼高一（2）历史老师
透过南下火车的玻璃

看着站台被雪落满
同一天下午早些时候
高一（2）全体同学
从教室里看到雪大起来
看到陈小娟抱着特大号
书包 黑的
在雪里走远
这一天发生的事情还很多
王东东说 历史老师有鬼
李明说 谁不知道陈小娟历史最差
四月前的那次考试她满分
这一天还没完
晚上 父亲从报纸里抬起头
突然冒出一句：
今天怎么恒温
这一天才就此打住

1992 年

九三年

九三年 在青海
在灰蒙蒙的人群里
左右顾盼
我突然泪流满面
我安慰自己
这是九三年
是上一站的下一站
我刚结束了大学时代
结果了第三次恋爱
某某们去了南方
说那里的女人漫山遍野
四季新鲜
说那里有很多钱
小李来信
怀念我们共同拥有的
土豆 臭脚 煤球
和一条花格裙子
九三年 我想不起他们的脸
九三年 我在出版社混饭
替王主任接电话
他在电话里解释
病下（hà）的意思
九三年 我打电话

总是占线
后来到郊外走走
高原使我一阵心酸
想起晨晨
一个高尚的诗人
荷马的弟子
常在被窝里
为人类的最后一块净地
就是我置身其中的垃圾
偷偷哭泣
九三年 在青海
第一座天桥拔地而起
但迟迟没人敢上去
九三年 短短三月
我迁居三次
第四次说是后天
我的诗里永远保留了
那些新鲜的地址
九三年 我站在街上
想认清叶子的悲伤和流浪
一个大汉手持小孩的玩意儿
打一只空掉的鸟巢
九三年 在青海
我也来到历史的源头
河水漆黑
流量不及我的尿
我清清嗓子 没说什么

九三年 由于失误
让一只唇碰了我的吻
一下午我都在漱嘴
九三年 我一上车
就担心玩命的司机
把我拉进坟墓里
这一年将尽
我背着自己这个包袱
越来越沉
我边走边唱
我的青春小鸟一去不回来
蹚起一路灰尘 九三年
在我背后悄悄落下

1993 年

彼岸

肥仔、瘦子和我决定
放学后到河的对岸去
在我十岁那年的夏季
暴雨令河面宽广了许多
肥仔对河水的浮力充满忧虑
瘦子担心冲力巨大的水流
我建议用一根木头
作为推进的辅助工具
在河水中央
肥仔和瘦子霸占了木头
我不得不独自游泳
之后是快速折返
肥仔比瘦子游得快
瘦子比我游得快
而我差点淹死
遭遗弃的木头顺流漂走

关于彼岸
我所能告诉大家的
仍然不会比我看到的更多
与此岸毫无二致的沙粒及石子
令我们仓皇逃离的是
那里是一座荒凉的
乌鸦和野狗出没的乱坟岗

1994 年

恶作剧似的改写

（原作）

午夜她离去后两个小时
打来电话说：
我有东西丢在你那儿啦
我问是什么
她说——
心

（改写）

午夜她离去后两个小时
打来电话说：
我有东西丢在你那啦
我问是什么
她说——
乳罩

1995 年

人不如猪

探究猪的生活目的
令我对自个儿极其丧气

我问猪："吃了睡，睡了吃
这样的日子有什么意义"
猪说："长膘，然后被宰掉"

猪也来了兴致，反问：
"你活得够丰富，那你呢"
我哼哼唧唧，无言以对

不耐烦的猪转身走向屠夫
愉快地伸出脖子

那天我只买回了下水，而肉
我想吃自己的
我想在自己的肉里吃出猪肉味

1996 年

最后的晚餐

最后的晚餐准备就绪
大家入座，就座者
老虎，羚羊，老鼠，猫
大象和带嘴的植物

今晚大家最关心吃什么
厨娘蝴蝶说，没什么可招待的
就吃我们没吃过的这个吧
猫发表意见，人肉刺多

1997 年

七十年代

抓思想政治工作的父亲
将我的头发抓得更紧
那是七十年代
在我的童年
作为业余理发师
父亲为了省钱
也是响应号召
亲自动手
但没什么水准
还缺乏自知之明
经常把我被修理完的
狗啃似的脑袋
视为一件艺术品
自鸣得意哈哈大笑
全不理会我的感受
在朋友中无地自容
恨不得满世界
都是可以钻进去的缝隙
我对七十年代的理解
全部来自这里
丑陋不堪啊
镜子可以作证
我家门口的臭水沟
也可以作证

1999 年

民工

我从未写过民工
原因是对他们不了解
感性的认识来自
我居住的城市
日益增多的楼房
和拓宽的路面
与他们的劳动有关
据报纸电视说
他们干最脏最累的活
只拿微薄的工钱
直到某个夏日傍晚
在人民公园西角
见一民工模样的男人
与一浓妆艳抹的女子
神秘地交谈
继而消失于树林深处
才决定写写他们
但也只能就此打住

2000 年

一支烟

我曾经考察过
一支烟的长度
就是一个人一生的长度
大多数都是如此
有一部分人
由于刚抽了两口
就被掐灭了
或者烟丝的质量差
中途熄了火
当然还有活过一支烟的
现成的例子如李白
他活过一包烟甚至一条烟
加起来的长度
我周围的一些朋友
也有这种苗头
但也有被时间淹没的可能
我不赞成某些家伙的看法
我以为时间也有犯糊涂的时候
这都是早上在被窝里的闪念
我抽着烟吐着烟圈
完全没了信心
我只希望让自个儿舒服了就行
至于其他我想说
一支烟完就完了吧

2000 年

一个清洁工眼中的沙尘暴

对于你们
一场沙尘暴
肯定是坏事
看看你们比天气
更黄的脸
就知道了
于我而言
却是相反
当沙尘暴袭击本市的那刻
我喜极而泣
并破例灌下二两白干
以表庆祝
要知道在这干净的城市
我已赋闲三月
银两无多
一场沙尘暴
意味我又有事可做
有钱好挣
听电视说
沙尘暴如此凶猛
与人类破坏生态环境
日益剧烈有关
管它呢

我已准备了足够的工具
来对付肮脏的玻璃
如果有必要
我会把自己当抹布使
我不是坏人
但为了生计
我希望沙尘更猛一些
天更黑一些
同志们
我请求你们下手
再狠一些

2000年

惨叫

听到惨叫的那一刻
我正置身阳光下的大街
身边是涌动的人流
幸福而麻木的脸
以及痛苦而麻木的脸
我弄不清发生了什么
我的仓皇顾盼
引来无数目光
他们一定以为
这人不是疯子
就是小偷
对此我无以回击
我没法为他们明确指出
到底发生了什么
但我的确听到了
他们未曾听到的
一声惨叫

2000 年

飞翔

尽你们所能吧
即使造再大的笼子
即使笼子造得
比地球还大
我也要飞翔
就算冲不出去
我也会带着笼子
一块飞翔

2001 年

情人节

这是极具
煽情效果的题材
可我知道有限
满大街的玫瑰
漂亮的女士
潇洒的男士
以及巧克力
除此而外
我还知道
这一天
是 2 月 14 日
如果估计没错
该日的夜晚
床上翻滚的人数
会多于往常

2001 年

愚人节

这一天
真话听上去全像谎言
而谎言更像真话
如此混乱
令人糊涂

我不是悲观主义者
但我依然看到
一年中有太多的 4 月 1 日

2001 年

猪（一）

它从不关心
主人喂食的目的
只管吃
吃
吃
吃
吃得脑满肠肥
吃得忘乎所以
吃得底朝天
吃了还想吃

直到有一天
刀子架在脖子上

想到这里
面对满桌的美味佳肴
我没了食欲

2001 年

雨夜

雨夜
在幽僻的小巷
我的身后
有一人尾随
他越走越快
我感到恐惧
不由加快脚步

另一个雨夜
在同样的小巷
我尾随一人
我并无恶意
只是有点害怕
想与他并肩而行
他奔跑起来
转眼消失在拐角处

2002年

每个少年都想成为一只猫

每个少年都有猫一样的心情
或者说
每个少年都有成为一只猫的意愿

这是结论
这结论来自我的十六岁
和我十六岁的同学
李明学猫睡觉
王春风走猫步
有着猫一样神情的是夏冬
尤其是张朋园
他甚至不满足于仿生学
在某个骚动的春夜
潜入后院
过程他没说
赤脚拎回一只死猫

每个少年都有成为一只猫的意愿
但每个少年都可能屠宰一只猫

2002年

天空

我坚决认为
天空越来越灰暗
与我长期低头有关

而过去
我会经常仰望
那时的天空很蓝

我是前天
偶然抬起脑袋
发现如上事实的

2002 年

考古学家

他可以含笑九泉了
他付出毕生心血
研究的那把陶壶
在生命的最后时刻
有了结果

是用来撒尿的

2002 年

春天

不是从草儿冒尖
树儿发芽
姑娘们日渐
裸露的小腿
我知道春天来了
我是从一只苍蝇
准确地说
是从我办公室里
飞翔着的一只苍蝇
我知道春天来了
而这仅是早春
乍暖还寒时候
真正的春天要等到
两只苍蝇旋舞一阵
一只苍蝇率先落在
玻璃或者墙壁上
另一只苍蝇
落在前一只苍蝇身上
那时候春天才真的到了

2002 年

城市动物

不要以为森林里才有动物
动物园里才有动物
在我生活的城市
老虎野狼狐狸兔子
遍地都是
开公共汽车的
全是发疯的野牛
我的父亲则是一头雄狮
在我办公桌的对面
还栖落着一只哀怨的大雁
他刚刚与一只母雁
办理了离婚手续

2002年

我的青春小鸟一去不回来

路过电影院
几个少年坐在台阶上
打着口哨

我知道
口哨指向的不是我
是走在我前面的
一位窈窕淑女
君子好逑的那种

突然忆起
我的青春年少时
同样的经历
似远又近
口哨就在嘴角
但已无吹出来的可能

2002 年

登秦皇陵

据说秦时修始皇陵
动用数十上百万的劳力
死伤十之一二
而当皇帝驾崩
陪他下地狱的
也有几千之众
有砍头
有活埋
有腰斩
就是一刀下去
将活人拦腰砍断
史称殉葬

以上是我在秦皇陵上
听那个胖乎乎的导游讲的
她的语速不缓不急
带着一丝陕西人的洋洋得意
天气热
除了冒汗
我依然有点冷
还打起哆嗦

心里真正感到一点什么

以至变得极不舒服
是在乘车由秦皇陵
向兵马俑行进途中
见路旁一巨幅广告上书：
秦皇陵，中国人民的骄傲
我怎么感觉不到
相反只有悲哀
是悲哀复悲哀

时至向晚
车中的游客在打瞌睡
没有人注意到广告牌
没有人看见我一闪即逝的容颜

2002 年

橡皮

一块橡皮
轻而易举就能
擦去白纸上的铅笔字
但一块橡皮
对钢笔字
束手无策
无能为力
一块橡皮
急哭了
眼泪吧嗒吧嗒掉下来
借助我五岁儿子的双眼

2002 年

等车

一辆红色的的士
又一辆红色的的士
第三辆红色的的士
……

他坐在马路牙子上
看着鱼贯而过的
红色的士
开始很急
现在不急了

他在等
他就是不相信
在这座城市里
全是红色的的士
他在等
一辆不是红色的的士
然后招手
坐上去

2002 年

那个人

那个每天来的最早的人
那个早上都在拖走廊的人
那个能把短短的一截走廊
从八点一直拖到九点的人
那个我们单位的人

那个前年退了休的人
那个到退休连科长都没混上的人
留给我的唯一记忆就是
他用一生在拖走廊
那截走廊居然越拖越脏

2003 年

从慕尼黑到萨尔茨堡

从慕尼黑到萨尔茨堡
属巴伐利亚州的一段
过去在一部叫《茜茜公主》
的影片里我见过
绿树环抱青草
青草环拥绿树
典型的田园风光
美不胜收
但绞尽脑汁
我也不知道
该如何说出它的美
进而发现
美是如此难以描述
那就说说别的吧
从慕尼黑到萨尔茨堡
几百公里　走半天
车窗外不见一个人
单纯的美景使视觉疲劳
我试图强迫自己看下去
中途还是睡着了几次

2003 年

维纳斯

她真是太美了
比印在纸上的那些更美
在卢浮宫维纳斯雕塑前
密密麻麻的人群之中仰视
我为她的美丽所折服
感叹不已
与某些家伙讲的不一样
我发现对美的欣赏
不仅能带来精神上的愉悦
生理也会有所反应
这一点是通过挤在我前面
紧贴着我的一匹洋母马的大屁股
感觉到的
她一定也感觉到了我的动静
而且一定是误解了我
她扭头 冲我展露
只有在床上才会产生的那种笑容

2003 年

一片指甲

会议室的地板上
遗落着一片指甲
领导在上面讲话
我看见它
进而想到
在某次开会时
那个无聊至极的人
咔嚓咔嚓
剪指甲
剪指甲的声音
仿佛就在耳畔
促使无聊至极的我
掏出指甲刀
无奈地发现
光洁的手上
无指甲可剪

2003 年

我见过神灵

我一直认为我见过神灵
在青海湖边无垠的草场
一群小羊 足有几百只
不吃草 不叫唤 一动不动
肃穆的小羊 它们怎么了
而距它们不远处
穿藏袍的男女正叩头膜拜
一遍一遍 不厌其烦

在刚刚过去的夏天
我、老于、伊沙、老唐
游荡至青海湖边
遭遇这一幕
停车 驻足 观看
老于还加入膜拜的队伍
并抢拍无数照片

既不是夜晚也未施以刀子
一群小羊能如此听话
它们之中一定发生了什么
我们所不了解的事情
我说不好是不是
真的与神灵有关

反正我的心随之安静下来
坐在路边 摸出香烟

2003 年

麻雀

看见榆树上的麻雀
想起已经很久
没见过这种小东西了
仿佛它们一直
躲在树叶里
整整一个夏天
现在是深秋
叶子掉光后
才裸露出来

2003 年

奶奶的死

八年前的冬天
在媳妇坐月子的那段日子
有一天晚上
和家人围坐在电视机旁
奶奶打她的房间出来
管我要香烟
她的原话如下：
“小玉，你爷爷想抽烟”
奶奶一定是老糊涂了
爷爷于 20 年前就死了
但我知道她没有糊涂
95 岁大小便还能自理
一顿吃一碗饭
一天到晚在我耳边唠叨
我记不清的童年往事
我给了她香烟
并和她来到她的房间
她撩起被子
拉开抽屉
用手拍打床沿
“刚才还坐在这里
死老头子跑哪儿去了”
奶奶于第二天午睡

再也没有醒过来
在我的意识里
奶奶给爷爷送烟去了
此事的另一个明证是
我给她的三棵香烟
随之不见了

2003 年

挨宰

喝完酒
埋单时
我发现
又挨宰了
这不是第一次
挨宰
我还发现
这一次已没了
过去挨宰时的愤怒
面对风姿绰约
穿旗袍的女服务员
我甚至装作
真的喝高了
我给了她
比她要的
更多的钱
她是狡黠的
更是美丽的

2003 年

望庐山瀑布

我看见的庐山瀑布
和李白看见的
有什么不同 我拿不准
我拿得准的是
李白是用肉眼看见的
我则通过高倍望远镜
看一次 投币三块

2003年

那时候

那时候面包车正穿越草原之中的一段沙丘
那时候阳光刺破了厚重的云层
那时候后排的七位乘客酣睡未醒
那时候其中的一位发出轻微的鼾声
那时候车里只有两人睁大双眼
那时候司机小高专注于前方的道路
那时候我看见沙丘被阳光照亮
那时候有一只鸟洞穿我的胸膛飞向远方

沙丘之后依然是草原
阳光之后依然是阴霾

2003 年

只有诗人

只有诗人
或者具备诗人情怀的人
才可能忽视
衣服脏不脏
就那么随意一躺
在羊屎蛋隐现其间
的草原上
伊沙率先躺下
接着是唐欣
小便归来的于坚
也躺了下来
老外西敏在车里打盹
于坚美丽的女儿
在远处摘采野花
同车的一对恋人
去了更远的地方
即便看不见
我们也可以猜想
他们除了走动
最多在干净的某处
干点什么

2003 年

大师

大师有一个习惯
松开裤带然后系上
不分场合
经过观察
我发现
这与大师的写作无关
因为肚皮庞大
裤子老往下滑

2003 年

蝴蝶

那时因为红灯
车停在一个十字路口
我看见了她
透过里面可以看见外面
外面看不见里面的茶色玻璃
我自觉安全地看着她
她扎着两个小辫
就在车即将启动的一瞬
透过外面看不见里面
里面可以看见外面的玻璃
她游移的目光
突然锁定我的双眼
对视长达五秒之久
有水乳交融的感觉
在我俩之间弥漫

车过十字路口我才发现
车窗外的茶色玻璃上
停落着一只蝴蝶

2003 年

围观

拨开外三层
再拨开里三层

被围观的内容
是一名男子
奇怪的男子
频频举头
仰望太阳
作抓耳挠腮状

三分钟后
围观的人群散去
我听到短发对披肩发说
“我还以为神经病呢”
披肩发说着四川话
“没得意思”

那名男子
在三分钟之后
终于打出了
一个喷嚏

2004 年

猪（二）

这样的生活
即便是猪
即便是猪的命运使然
猪也不能忍受吧

时复一时地
在窄小的圈里
吃了拉，拉了睡
时复一时地
重复如上动作

我不是猪
当然不能知道
猪的真实想法
但在屠宰场
我听到猪幸福的尖叫
那是对另一种生活的向往
尽管等待它的
是一把尖刀

2004 年

回头

走在我前面的那个人
回头看了一眼
我回头看了一眼
我回头看见走在我
身后的两个人
同时回头看了一眼
那时我正在穿越
一条车流汹涌的马路
因为随时警惕
丧命车轮的危险
我身后两个人之后的人
时不时也回头看了一眼
我无暇顾及
就像走在我前面的始作俑者
无暇顾及身后的情况
他一丝不苟，左躲右闪
正在迫近马路对面

2004 年

街景

路上听到两个老太议论
其中一个说道：
“现在的姑娘真不要脸
小的用海绵往大里垫
大的往更大里整”
另一个说：
“想想我们年轻的时候
藏着掖着还来不及呢
哪像如今，你看看
一个赛一个
跟表演似的”

两个老太属有感而发
那时我走在两个老太身后
那时有一位袒胸露背的姑娘
超过我，也超过两个老太

听着两位老太拉呱
看着习以为常的窈窕背影
那一刻我无比真实地
爱上了置身其中的时代
我暗自得意地想
要是搁早些年

如此美好的街景
无论如何也看不见

2004 年

父爱

昨夜梦中
远在东北的父亲
来到我的床边
他抚摸我的额头
“你瘦了”他说
记得我是这样回答的
“工作太忙”
然后就醒了
坐在黑暗中
想起不善表达
爱意的父亲
在我 30 余年
做儿子的生涯里
还是第一次
体会到他直接的关怀
内心又悲又喜
知道父亲爱我
这就够了
好在是在梦中
如果放在大白天
他当面这么做
我会不好意思
脸要红的

2004 年

压力

他的同事，跟他同年出生
同年退休的那个老头的死
肯定给他造成了相当的压力

作为健身的内容之一
单位院子里的那棵白杨
一直是他拳打脚踢的对象

几天不见，再看到它时
已皮开肉绽，叶片枯萎卷曲
我担心它活不过这个冬天

2004 年

格桑花

格桑花是高原上的花
在牧草里生长
与其他野花杂陈
非常遗憾
我尚无法说出
它的高矮以及
花瓣的颜色
无法指出
格桑花是哪一株
但我可以告诉你
草原的花都很美丽
它就在里面
风吹过
有一种香气
为它散发

2004年

世界上最痛苦的人只有七岁

一个刚入学尚未佩戴红领巾的孩子
对牵着他的爷爷说：
“我是世界上最痛苦的人”

正值放学的高峰期
在接儿子返家的路上
我听到了如上表白
那对爷孙走在我俩前面

那个中午阳光惨淡
我尽量以温柔的语气问儿子：
“你呢？”儿子显然也听到了
以及理解了我问话的意思
“我也是”他踢着一颗石子
低头而行

2004 年

与会者

一

他已经很好地解决了
人类在睡眠中
或躺或趴
至少耷拉着脑袋
闭眼，不如此
无法入睡的问题
在一次会议中
坐在我身旁的同事
我递烟给他时
发现他双目圆睁
脖子挺直
居然睡着了

二

还是他
在另一次会议中
他迷茫的目光
突然明亮起来
顺着他的眼神望去
我看到他的水杯边缘

停落着两只恋爱中的苍蝇
难道他没有产生
恶心的感觉吗
那是他喝水的杯子啊
看来情况相反
我看到他细微地笑了

三

我朝窗外看的时候
发现他也在看
几个工人在光秃秃的电线杆上
架设电线
他太投入了
当一顶黄色安全帽
打某个工人头顶滑落
他“啊”地惊叫起来
当时领导正讲到高潮处
他的惊叫恰逢其时
领导投来赞许的目光

2004年

略感疼痛

车上的人咒骂行人
行人咒骂车上的人

有时候一天之中
我会多次变换角色
一会儿是车上的人
一会又是行人

有时候一天之中
我会多次感到
左手击打右脸
右手击打左脸

不重
只是略感疼痛

2004 年

游大唐芙蓉园记

小兵说人工景点有什么好看的
况且还没修完 但我还是去了
我对景点是人工还是天然并无偏见
主要是打发这个下午的时间

正赶上西安入冬以来最冷的几天
园子里游客稀少景物萧条
宽阔的湖面上结了一层薄冰
被管理人员告知不能上去玩
其实我也没有这样的打算

园子挺大
乘车下来都要一个钟头
每到一个景点下车看看
一家打把式卖艺的河南人
让我惊喜了一把
还用飞斧让我掏出 10 元钱

身为诗人同志
“诗林”是一定要转转的
石头上刻着的大部分都是
一些耳熟能详的古诗名句
但并没有把谁吓住

倒是一对恋爱中的男女
坐在“国破山河在”上相互喂食
不知道老杜是不是吓得够呛

在李白下方出现一首
署名杨玉环的四行诗
经同行的老董提醒
我才反应过来她是谁
说实话 诗很臭
但还是让我暗自惊叹
看来使“六宫粉黛无颜色”
“君王日日不早朝”的杨大美人
靠的不仅仅是那身肥肉啊

2005

母亲与公鸡

我说："留一只吧"
母亲说："留着也是白吃食"
母亲一把抓住鸡架上
最后一只公鸡的双翅
并顺手扇了想啄她的
那只母鸡的耳光

如上是去岁我回老家
陪父母过年期间
母亲杀鸡的一个镜头
这之前她还屠宰了两只公鸡

倒是没出现我想象中
母鸡集体绝食的场面
只是第二天它们蔫不拉叽
母亲没有收获一个鸡蛋

我也没有体会到春节的喜悦
甚至提前结束了假期
几年不见母亲明显老了
我悲哀地看到这个事实
我不忍再看下去

2005

第二辑 | 两条毛巾

发妹

两年不见
再见到她
依然是在我经常
光顾的理发店
她拿的不再是
梳子和剪刀
嘴里哼着的流行小曲
也换成瓜子
她已升级为母亲
她同并肩战斗过的姐妹
大声说笑
同时无视我及另外
几位老爷们的存在
掏出奶头
塞进婴儿的小嘴
她做得自自然然
反倒我像做贼似的
无耻地通过镜子瞥见
她的乳房
她的乳房啊
不是我想象中的洁白
那颜色我说不出来

2005 年

过敏

我不是故意的
我真的不是故意的
戴老前辈
每当听闻你的名作
“有一个丁香一样
结着幽怨的姑娘”
我产生的不是伤感
而是瘙痒
彻骨之痒啊
连医生都束手无策
一个花粉过敏者
竟敏感至此
也是奇迹

2005 年

女人与狗

挽老公散步的女人越来越少
牵狗遛弯的女人越来越多

这是今年天气转暖之后
出现在本城一道独特的风景

以至我常去消遣的广场犬声鼎沸
再也不敢去了

它们是清一色的狼狗
牙齿凶狠 眼神幽怨

2005 年

又见小偷

几年不见他明显瘦了
一个我乘公共汽车上下班年代
混迹于 2 路上的扒手

今天我们在菜市场相见
显然他不记得我了
但我一眼就认出了他

这个曾经将手伸入无数口袋的家伙
（我怀疑过丢失的 50 元与之有关）
他的手居然在哆嗦

进而发现他老了
一个迟暮的小偷能干什么
果然几次出手一无斩获

想到他晚年生活的凄惨
是写这首诗时的事情
当时我大摇大摆地经过他

还怀揣着幸灾乐祸的心情
在他面前抖弄一张百元大钞
然后买一棵白菜回家

2005 年

在高昌古城

被 60 度的高温
烘得快熟了的缘故
在高昌古城
我没有体会到
古迹所带来的震撼
也就没有产生
对劳动人民赞叹的情感
倒是为奔波于城里城外
头顶烈日满载游客
还要吃鞭子的毛驴
感动了一小会儿
甚至出现想从车上跳下
劳驾自个儿双腿的闪念
但也就停留在那个闪念

2006 年

车过克拉玛依

车过克拉玛依百里油田
在磕头机的丛林中穿行
蔚为壮观的风景
引得车内一片惊叹
我没有加入骚动的行列
中途停车与磕头机合影留念
也没有加入拍照的队伍
而是蜷缩在座位
在戈壁的炽热中
我不寒自栗

我得承认我想多了
地球怎么可能是人体
石油又怎么可能是血液
谁又有这么多的血液
供没完没了地抽取
继而证实我的冷
系车内空调过大所致
我轻打耳光警告自己
以后别他妈自作多情了

2006 年

吐鲁番

吐鲁番的葡萄成熟
要在一个月以后
我来早了
但还是挺值
赶上了平生从未经历的
地表温度高达 60 度的大热
验证甲亢患者的身体还扛得住
还因为车过一个村落
导游手指家家户户
门前都摆着的大木床
（之前我以为是晒葡萄干的）
告诉我们这是睡觉的地方
我的想象不安分起来
并顺嘴诌出：
“咱们还是晚上来吧”
引得热蔫了的同伴哄堂大笑
女导游也花枝乱颤
我知道他们想到了什么
我知道他们不知道
我想到了什么
一个人即便到了北极
他操心的依然是
人世间这点破事儿

而非单纯的风景
我再一次提醒自己
千万不要在诗里犯混

2006 年

这酒我不喝

在兰州一家叫京月华的酒店
我领略了商业的厉害
当然不是初次领略
但是最厉害的一次

酒到半酣
因为请我的朋友
是这家酒店的老主顾
上至经理下至副经理
上至部长下至副部长
呼啦拥进一帮
前来敬酒

为了给足朋友面子
这酒我当然要喝
喝不动也要喝
但喝到一副部长头上
我就不想喝了

客套归客套
可他公然叫我干爹
我他妈才大他几岁呀
这倒在其次关键

我太明白他的用意
有钱便是爹呗

双方坚持不下
到最后都有点急了
我死活不喝
我不是跟商业过不去
我只是受不了商业中
人性的卑劣

2006 年

致君儿

毛主席他老人家说
天生一个仙人洞
无限风光在险峰
这话一点没错

问题是为了看无限风光
一不留神从险峰上掉下来
就不好玩了
这话他老人家没说

在老龙潭我一再提醒你
靠里走
靠里走
下面可是万丈深渊

还有一句当时忘了
现补充如下：
我们的无限风光不在此地
在三尺书桌的上面

2006年

父与子

登南山的第二天又爬西山
儿子老是选择荆棘丛生
没有路的地方走
这是父亲反对的
父亲一次又一次将儿子
拉回人工所砌的台阶
并晓之以理
效果并不明显
儿子听不进去
反而一次又一次抗议：
“这有什么意思”
后来父亲做出让步
儿子在前一路高歌猛进
惊起野鸟无数
尘土无数
父亲尾随其后
气喘吁吁
大汗濡湿 T 恤和短裤
父亲也没体会到
儿子所说的“意思”

父亲是我
儿子自然是我的儿子

2006 年

村里最美的女人

农村洗头不方便
在各自的家
大连襟要天天洗
我也得隔天一次
于是就有了腊月二十九
我俩相约前往
村东理发店干洗的经历
其实过程没什么好说的
排队达一小时有余
结果也没什么好说的
头发干净精神爽呗
回家赶上吃晚饭
丈母娘问起在哪里洗的
我们就说只有一家开门
店名没记住
反正是一女的
皮肤白皙
热情周到
老太太突然蹦出一句
“她是村里有名的……”
看表情我已猜到
应该是“破鞋”
可能丈母娘觉得

当女婿说不合适
就临时换成
“作风不正派”
我闷头扒饭
唯恐嘴里还有空隙
唯恐一不留神
把心里真实的想法倒出来
“她可是我见过的
村里最美的女人”

2007年

过客

如果说当地人
把我视为过客的情绪
表现得相当含蓄
那么当地狗
就要露骨得多
它们或目射凶光
充满敌意
或对我爱搭不理
当我为空气
我给邻居老张家的狗
敬献过不少骨头
也没能获得
轻摇其尾的待遇

老实说我不是从当地人
而是从当地狗的眼里
确认了自己过客的身份
再老实一点说
我还从没见过一条
对我表示友善的狗
除了年幼时养过的
后被我父亲勒死下酒的
那条黄狗

2007 年

桃林

从就餐的梨园前往桃林
平坦开阔的柏油马路
一下变成乡村土路
凹凸不平
汽车东倒西歪
颠得我几欲呕吐
在尘土飞扬中
左转数次
右转数回
在一块我甚至认为
寸草不生的高台
一大片桃花
跃然其上
吓我一跳
美得惊心动魄
我已找不到好话
将它复述
平心静气之后
我也发现了破绽
何以产生如此
强烈的震撼
它真的如地主所言
是“世上最美的桃林”

我拿不准
只是隐约觉得
它固然很美
也与来时路有关

2007 年

所爱

在梨花桃花苹果花
汇聚的花海
儿子竟不为所动
其目光的焦点
仍在手中的 PSP
岂非暴殄天物
好在当我看到
所有来此的鼻子
全趴在上面
才稍觉宽心
天物未被糟蹋
爱者自会去爱
不爱者走开
不是不爱
是另有所爱

2007 年

致朋友

说到苏北老家
水由于被
出于某种考虑
迁移此地的工业
严重污染
致使无辜乡亲
一茬一茬地
非正常死去
浩波哽咽
起身去了厕所

一片沉默
我没敢看在座的
老唐中岛等人
表情如何
只死死地盯着两滴
与食物无关的液体
出现在面前的饭碗

哦，我的朋友
我热爱你们这些
有情有义的坏蛋

2007 年

打牌

下班回来
儿子已先我一步
回家
正蹲在地板上
一个人打牌
啪啪啪
满头大汗
兴致盎然
他指着其中图案为
火影忍者的一张
“这是我”
又指着一张图案
已看不清为何物的
“这是爸爸”
那晚我推迟了
开饭时间
平生第一次
蹲在地板上
陪儿子打牌
并输了个精光

2007 年

所见

散步于昏黄灯火中
一条幽僻的小巷
走在我身前的男人
形迹可疑
极像小偷
但显然不是
他的目光不在窗户
只对电线杆感兴趣
我总算明白了
当我看到上面
琳琅满目的
治疗性病的广告
但是且慢
还有一种可能
他在找寻工作
夹杂在其中的
招工启事
可为说明
我希望是后者
祝他好运

2007 年

恐惧

整个下午一直走在我前面的洋妞
先我一步跨入干尸厅
之后我们再未谋面

那是在新疆维吾尔自治区博物馆
傍晚临近下班
我所目击的参观者就我们两个

在著名的“楼兰美女”的说明文字里
我读到：她属于欧罗巴人种

2008 年

不合时宜

昨天晚上
又一个人谈到
我的诗不合时宜
（他还特别强调
越来越不合时宜）
是一个诗具现代气息
经验丰富的老诗人说的

我很高兴
已戒酒的我
破例连干三杯
作为对自己的嘉奖
这么多年的坚持
这么多年的努力
没有白费

我对自己很满意

2008 年

两条毛巾

办公室墙角有一把椅子
上面放着时刻有水的脸盆
两条毛巾就搭在椅背上
一条颜色深一条颜色浅
深色毛巾供本人使用
浅色是为客人准备的
深色毛巾已经脏得
比它的原色加深了一倍
而浅色毛巾依然散发着
它最初的洁白光泽
倒不是因为没有客人造访
而是因为尽管得到主人提醒
客人依旧我行我素
视主人的脏毛巾为已物
难道在他们的理解里
主人留给自己的
一定是干净的毛巾吗
无论如何深色越来越脏
浅色干净得有点过分
我倒不是没有想过改变一下
两条毛巾的主客位置
但从没有付诸行动中去
一个来访的诗人对我说

“这多么像我们的人生啊”
至于像怎样的人生他没说
我也没有进一步追问

2008 年

郁闷

这事令人郁闷
每次打的去单位
都不得不对司机说
“到同仁路手机城”
好像我在手机城工作
卖手机似的

我不是想不明白
这是商品时代
谁还关心你那个破文化单位
在什么地方
即便是开车的

我的郁闷更多指向
不止一个司机
如此这般对我讲
“出版社在手机城啊”
而事实上
手机城租用的是出版社的房子

2008 年

安检

登机之前
进行安检
耽误了老长时间

他不是不配合
几乎脱到只剩一条裤衩
可机器还是响个不停

制服傻了
金属到底在哪里
他申明没有做过相关手术

只是偷偷一笑
因为只有自己知道
骨头里天生有这种物质

含量还不低
他没有解释
解释也没人听得懂

2009 年

想起屈原

以香草自喻的男人
注定是脆弱的人
在他生前

以美人自喻的男人
注定是强大的人
在他死后

前往岳阳
途经汨罗
想起屈原
心潮澎湃

2009 年

祖先考

我不是从课本
或者科普文章里确认
达尔文进化论中
人是由猿猴演化而来
这一事实的
是电视画面告诉我的——
苏门答腊的红毛猩猩
不但可以像人那样
喷吐口水
还可以像人那样
互掷石块
和粪便

2009年

关系

写《邓玉娇》的马非跟我没关系
因此写《邓玉娇》的马非
要求我把他的《邓玉娇》一诗
转贴在我的博客上
我以沉默变相拒绝

因此在青海湖诗歌节期间
当食指大哥对我说
“你的《邓玉娇》写得真好”
我的态度相当冷硬
“彼马非不是此马非”

可是当网络盛传
“马非失踪”的消息
（尽管我不知道他因何失踪
尽管至今不知道邓玉娇是谁）
我终于意识到
我和他毕竟是有关系的

2009 年

我的钱包丢了

我的钱包丢了
里面装着 3000 块钱
更重要的是身份证
在 2010 年的前夜
在飘香川菜馆
我想说的不是
在这样的时刻
丢钱意味着什么
管他妈意味着什么
我想说的是
知道丢失的原因
来自背后那桌的黑手
伸入因为疏忽大意
忘记套套子的衣兜
可是我不能把他
指出并胖揍一顿
他们有四个壮汉
我常常遭遇这样的时刻
明明知道怎么回事
就是无能为力
干生气

2009 年

王道士

在藏经洞
当听说王道士发现的经书
大部分都被他卖了
加上其他渠道的流失
只有八千册留在国内
几乎所有人都在骂他
我也骂了
可是随后参观博物馆
当看到王道士
形似侏儒的照片时
我就不好意思骂了
从小我就懂得一个道理
不能跟残疾人过不去

2010 年

昆仑山

在格尔木街头
当我提及昆仑山
你手指远处
一抹朦胧的山脉
告诉我："那就是"

我没有惊讶
我已经习惯于
伟大的事物出现时
那种稀松平常的
静悄悄的方式

脚踩软垫
猫步而来

2010 年

玉树地震

先于搜救犬抵达玉树的
是我的诗
但又有何用

先于挖掘机抵达玉树的
是我的诗
但又有何用

先于矿泉水抵达玉树的
是我的诗
但又有何用

先于帐篷抵达玉树的
是我的诗
但又有何用

先于方便面抵达玉树的
是我的诗
但又有何用

当这一切都已过去
地震的二十天后
我的诗才开始显现意义

2010 年

莫名其妙

有一晚睡不着
脑子里瞎琢磨：
自己的原名
和毛主席的关系
吃惊地发现
自己的三个字
和毛泽东三个字
对应的字笔画一样
总笔画自然也一样
更加吃惊的发现是
我怎么就能无聊到
想起这种问题

2010 年

悼念

这是凯尔文卡特
拍摄的一幅图片
我早就看过了

一名苏丹儿童
爬向联合国食品营
其后跟着一只秃鹫
黑孩显然要死了
恶鸟期待的大餐
指时可待

我还知道
图片获得普利策奖
作者——凯尔文卡特
在照片拍摄的三个月后
自己结果了自己

但是我不知道
多年之后
当有一天早晨
我在电脑上看到它
迫不及待地想写一首
悼念凯尔文卡特的诗

关于凯尔文卡特
我不知道更多了
好像也不需要更多

2010

雪

雪越来越金贵
今年的第一场雪
在冬天过半时
才光顾人世
面粉般的细雪
下了一天一夜
也只是在大地
铺了薄薄一层
我刚要走下台阶
儿子大喝一声：
“站住，不许糟蹋粮食！”

2011 年

菠菜

梦里的菜谱相当奇怪
菜名全和菠菜有关：
蒜泥菠菜
菠菜粉丝
芝麻菠菜
……

我叫过老板娘
告诉她菠菜不能吃
因为近邻的核辐射
也影响到我国菜地
要求来点别的

“小女子焉能不知
可是菜市上全是菠菜
敝店也只有菠菜
你吃也得吃
不吃也得吃
除非你想饿死”

老板娘花枝乱颤
怎么看怎么像
少年时代的梦中情人

那个血液里有病的

日本人山口百惠

2011年

不是童话

“你要是吃掉这块泥
我给你磕头
还管你叫爷”
其勇气是我没想到的

“爷爷”
他膝盖点地
连磕三个响头
其诚信是我没想到的

如果不是亲见亲闻
我会以为两个脏小孩
是从童话里走出来的
小脸蛋金光闪闪

2011 年

1957 年的爱情

不是因为房
不是因为车
不是脚气
或者狐臭问题
与“官二代”
“富二代”
也没有关系
他们告吹的理由
是女同志觉得男同志
心不够红

2011 年

笑话讲得不错

我们单位领导的老爹
去世前一周就糊涂了
不认识自己的儿子
女儿、孙子和老伴
大概人在临终之际
都要糊涂那么一下
我爷爷也是这样
不过领导老爹的糊涂
和我爷爷略有区别
我爷爷什么都不认识了
领导老爹还认识钱
从毛票到百元大钞
说得清清楚楚
领导把这事当笑话讲给大家
我们也的确当成笑话听了
每个人脸上的笑容
都能充分体现出
这个笑话讲得不错

2011 年

美人

从饭馆里出来
她就站在那儿
瞄了我们一眼
当我们从前面
绕过路间障碍
行驶到对面马路
她还站在那里
又瞄了我们一眼
海逸说：她在等我们
海逸说的我们是指
我和他两个诗人
说这话的当儿
一辆大奔停在她身边
接着冒出一个
肥头大耳的秃头
不知海逸是否看见
又作何感想
反正他沉默了

2011年

狂笑不止

晚饭的餐桌上
父亲说了一句话
听罢我开始笑
本来笑两下就完了
但是我止不住笑
看着米饭笑
看着红烧肉笑
看着我妈笑
洗过几把脸还是笑
独自待在阳台也笑
想起死去的奶奶
和被蹬的悲惨情事
也没有止住笑
笑到眼泪流下来
笑到鼻涕流下来
笑到小便流下来
直到没有力气笑
依然发出比哭泣
还要难听的笑
事后根本不记得
父亲说了什么
但可以肯定的是
那句话并不好笑

2011 年

白血病人

有过一两次交往
难以称为朋友
他写小说我写诗歌
难以称为文友
可以说这是个跟我
没有多大关系的人
在捐款的队伍中
我缓慢地蠕动
即便听身后的人说
他已做了骨髓移植
成活概率依然很低
也没有改变我的懒散
直至听到有人说
在得知身患重病之后
他毅然决然主动提出
和新婚燕尔的妻子离婚
为了不使其成为寡妇
我的心咯噔了一下
才仿佛有了关系
我还偷偷地从屁兜里
又摸出一张钞票
加入到待捐的钞票之中

2011

这是我的想象难以抵达的非洲

青海湖诗歌节车队
途经贵德黄河大桥
受清澈的河水诱惑
停车观览和拍照间隙
11 号外宾车上与会的
唯一一名来自非洲的老黑
冲上我们的 10 号车
焦急地找能用法语
与之交流的诗人树才
言罢又焦急地离去
树才随之为我们解惑：
老黑想找一间厕所小解
我们哄堂大笑的理由是
在这天苍苍野茫茫的地方
哪来的什么厕所
就在目力所及的不远处
正有一排男诗人往黄土上撒尿
更远的地方也有一些女诗人
在阳伞的遮挡下往黄土上撒尿
他没有看到么

2011 年

在医院

一进医院
孩子就哭了
我正尾随其后
不免想起
小时候的儿子
也是如此
一进医院就哭
怕打针呗
他们哪里知道
较之即将到来的
社会大医院
这其实根本
就不算什么
那里的针头
比针管还粗

2011 年

假酒

两杯啤酒落肚
他开始讲述
自中央美院毕业
怀着满腔热忱来到边疆
不畏生活的艰辛
孜孜不倦地工作
后卷入政治旋涡
遭受无端迫害
等诸多人生细节
最感人的是这一个：
“我把日间从马脖子上
解下的缰绳搭在屋梁上
狠狠地绑了一个死结
然后打开一瓶青稞酒
就着冰凉的月光喝
奇了怪了
平日二两酒下肚
就找不到北了
那晚却越喝越清醒
等到瓶子见底
我也就不想死了
也不知道哪来的力气
我还一把撕断了缰绳……”

“你喝到的是假酒
一定是假酒”
插话进来的是一位
已经喝大的糟汉

2011年

母女

我姥经常来我妈梦里走动
我姥一来
我妈就要到十字路口烧纸
我妈说："你姥缺钱了"
我妈据何判断
我姥是来要钱的
我不得而知
反正这么些年
我姥总是缺钱
我妈烧掉了不少纸
肯定让负责
十字路口的清洁工
苦不堪言

2012 年

第三辑 | 宁为一诗人

丢钱包

这是一年之中
第二次丢钱包了
上次在饭馆
这次在医院
抽血的队伍里
又是一沓钞票
又要办身份证
我气坏了
但是再气
也没有我妈
上世纪 70 年代
在公共汽车上
丢的那次严重
在后来的复述中
她一再使用
“想一头撞死”
这样的语句
我能理解
我儿子就不明白了
关键是在总额
不过 20 元
这个数字上

2012 年

春天的喜悦

那是春天的傍晚
在菜市场门口
一棵老槐树下
卖狗皮膏药的旁边
摆着两筐刚孵化出的
毛茸茸的小鸡
我手提一把片菜
像傻子一样站在那里
这时三五个从幼儿园
放学的孩子冲将过来
一个男孩大喊了一声
把我的喜悦推至高潮

“快看，小鸟”

2012 年

受教育

“我就不明白了
你怎么那么烦蚊子
还要置之死地而后快”

“难道你不知道
人之为人
就是无尽的忍受”

“瘙痒和幸福一样
都需要忍受
才能活到某种境界”

“就像我……”
这时一只蚊子飞落他的小臂
他想都没想拍将下去

“咱们接着说……”
他是一名大学教授
主讲康德

2012年

登大雁塔

早上在电话里
我对朱剑说：
“在工作之前
咱们去登大雁塔”

朱剑来唐城接我
进门就开始聊诗
仿佛不存在他事
还打发走了司机

其间我俩短兵相接
他掏出背包里的小本
我打开手机备忘录
彼此大拍马屁

事实上我一直没忘
登大雁塔这档子事
尽管语关诗歌
大脑里老闪现塔影

待到出发前往工作地
才发现已是臭汗满身
满足地灌下一杯凉茶
好像刚从大雁塔下来

2012 年

面馆里的民工

他们的目光如雾
脸皮呈混合的油画色
衣服不需要多说
牙也长得不好
不是有残缺
就是跟兔子一样
大小分明，触目惊心
大概与此有关
总之和我估计的不同
他们没有那么能吃
有两个人甚至
深谙中华传统美德
剩一点，以示恭谦
我以为中间上厕所
其实是拍屁股走人
还不如我呢
我扒下自己的
还把老婆的半碗
干掉

2012 年

婚姻

她嫁给他的理由
十分单纯——
她的母亲死于
生她时的难产
她害怕也因此而死

可是她居然没搞清
夫婿尽管是医生
但只负责牙齿
她担心的事
他管不了

2012年

在印加故都库斯科

当我意识到
伊比利亚半岛上的白人
正是为了我无名指上
佩戴的金属
屠杀印第安土著
毁坏他们的神庙
犯下滔天大罪
我偷偷背转身去
撸下黄金婚戒
仿佛戴着它
自己也是罪犯
但我还不至于
傻了吧唧地
像丢烟头一样
扔掉的地步
至少此刻
我把它揣在兜里

2012 年

罪魁祸首

我还不知道
这种原产于南美
并广泛种植的古柯
仿如橘树的叶子
是用人工方法
提取可卡因的原料

在灌下一杯淡黄色
微微发甜的古柯茶后
有人告诉我如上知识
不免忧虑
但是没事
一点事都没有

有事的是我的认识
又向前迈进一步：
真正的罪魁祸首
不是自然的古柯
是人类创造的化学

2012 年

拉利伯塔省省长

刚刚他还在武器广场
检阅部队
站在将军们中间
双目炯炯，神采飞扬

现在在特鲁西略大学
由教堂改造的礼堂里
在一份宣读的长名单中
他排在诗人和教授之后

他坐在主席台一角
校办秘书的旁边
没有他发言的份儿
像个蜡人般面色安详

他知道自己的位置

2012 年

在海明威家

海明威是卡斯特罗的朋友
他在古巴的旧居保存完好
书在书的位置
书桌在书桌的位置
他狩猎所获制造的标本
也原封未动
他的渔船只要灌入燃油
可以随时下海远航
他的蓝色游泳池还在
只是干涸无水
他散步沉思的小径
还可以沉思走动

在诞生《老人与海》的塔楼
一个黑女人从围栏里
悄悄伸手拿走我的相机
仿佛怕惊扰到午睡的主人
很专业地正面拍摄
我想要的画面
没有小面额红比索
我给了她两欧元小费
在古巴留过学的小于说
这些钱够她生活十天

我有点蛮不讲理
把人家的好心当驴肝肺：
“给老海的女仆再多钱
我都愿意！”

2012 年

在古巴朗诵

朗诵之后是酒会
在芳香浓郁的花架下
当我灌下一杯可乐
又手执一杯葡萄酒啜饮
一个满头小辫
仿如摇滚歌手的黑人
冲我竖起大拇指
一个牛仔裤破烂
油彩痕迹明显的白人
冲我竖起大拇指
一个漂亮的白种女人
冲我频频放电
诗人曼萨诺通过翻译告诉我
“古巴人喜欢你的诗”
在孔子学院学过三年汉语
中文名为李招财的
西班牙裔地陪
用搞笑的汉语对我说：
“你一级棒”
美中不足的是
没有一个同伴
向我表示祝贺

2012 年

宁为一诗人

我还从来没有
住在离海这么近的地方
三百米开外是加勒比
翻滚的浪花拍岸
夜晚也能卷起千堆雪
不见渔火
一弯新月
不知是挂在夜空
还是浮在水中
温润的海风扑面而来
抽着雪茄
光着膀子
坐在哈瓦那宾馆的阳台
我对启文说：
“不做百夫长
宁为一诗人”
我说出的
不仅是此刻
更是一生

2012 年

买画

这幅描绘哈瓦那
老教堂的钢笔画
我非常喜欢
我想把它买下来
通过翻译讨价还价
最后开出的
仍然是他最初
说的 50 刀
一分钱没降
我使出杀手锏
走出五米开外
准备等他叫我
在祖国我屡试不爽
这次彻底失败
他自顾自低头作画
根本没瞧我一眼
“真牛啊”
我不免感叹
就是因为想到
“牛”这个词
让我转身走回
为“牛”买单
我还是头一次

2012 年

李招财

李招财是古巴人
在孔子学院学习三年
得了这个很中国的名字
作为导游和我相识
交流疙里疙瘩
但相处不错

在即将分别的下午
他把我拉到僻静处
说可以卖雪茄给我
是工人从烟厂里带出
百分之百的真货
比国营商店便宜很多
我买了两木盒

他不完全晓得
我的真实想法
把钱给一个人
比给一个国家实在
不过他能感觉到
中文没白学
名字取得好
就可以了

2012 年

鹿回头

“传说有一个猎人
追逐一头鹿
一直追到大海边
的悬崖峭壁上
当猎人搭箭拉弓
实施最后一击
无处可逃的鹿
摇身变成美丽的姑娘
两人结成连理
从此过上了甜蜜的生活”

沐浴着热带温润的海风
站在益龙酒店的窗口
面对夜色中的鹿回头山
隐约可见的雕像
地主小罗刚刚娓娓道完
调皮的老万就接过话头
“这个故事虽然很美
对生态却大大不利
如果有人信以为真
鹿很快就会绝迹”

2013年

大师

大师来访
我全陪三天
除了睡觉
三天之中
他只谈诗和哲学
佩服之余
也心生厌倦
驴肉虽好
天天吃也受不了

大师不喝酒
感于我的热情
临别前夜
小酌数口
果然不善饮
有点高
从厕所回来
裤子的拉锁
竟然敞开着
露出红裤衩
还要求洗脚

酒后吐真言

开始拉家常
谈及家庭生活
老婆比他小不少
人漂亮单位也好
有一年搞福利
搬回一部电脑
大师粲然一笑
一张黑脸
竟也变得美好

2013 年

无雾之地

在一个从不下雾的地方
我想象着雾

让经常生活在雾中的人不明白
这个世界真有无雾之地吗

在一个从不下雾的地方
我也会被迷雾重重包围

他们就更不明白了
这个世界真有魔幻之地吗

2013 年

李异老师

从饭店出来
在清爽的月光下
看见停泊在草丛里的
李异的私家车
前门右侧玻璃上
栖息着一只青蛙

在等待它自行消失过程中
听李异给我们讲故事：
他母亲认为
家里进入小动物
例如壁虎和蜥蜴
是一个吉兆
绝不能打死
否则会带来灾祸……

李异讲得结结巴巴
内容也不算新奇
作为老师并不称职
但没有谁提出异议
相反在场的各位
全像初入课堂的小学生
毕恭毕敬
侧耳倾听

2013 年

仿佛他犯了什么罪

在编辑一本诗集时
一位海地诗人的作品
引起我的注意

如果我不知道他的祖国
是世界上最贫穷的国家
人民生活在水深火热中
我会喜欢这些诗

像英国或瑞士或芬兰
那些富裕的国家诗人
例如特朗斯特罗姆
写就的诗行

出于巨大的好奇
我还核对了他的履历
没错，是海地
看不出去过别的地方

尽管我无权把他拿掉
还好在内心的书页上
可以抹去

2013 年

中秋夜

如果没有诗人
创造的说法佐餐
月饼能有多少滋味
螃蟹能有多少滋味
酒能有多少滋味
月亮能有多少滋味
欢乐和忧伤
能有多少滋味

哦，在这个夜晚
是诗人就要挺直脖子
高昂头颅

我就是这么做的
尽管在儿子眼中
他爹又喝大了

2013年

我崇敬的女权主义者

她是诗人
也是女权主义者
圈里人都知道

在一个饭局上
当羊肉面片端上来
我正欲舀给大家
她一把夺去汤勺：
“这是女人的活儿
我见不得男人干”

她没有忘记自己的性别

2013年

在草原上

一路跑下来
在挡风玻璃的前方
我好几次看到
横穿马路的老鼠
被猎鹰捕获

而在道路两侧的草原上
出没的更多老鼠
与四通八达的洞穴有关
它们可以及时躲藏
未见猎鹰得手的情况

机警如老鼠者
不知道穿越马路的危险吗
我看不像
那一定是有极重要的事情
在公路另一边等着它们

在这个世界上
真的存在这样的事情吗
比死亡更大的事情
发生在鼠类身上
而我并不了解

2013 年

一把铁锹

雪后中午
在麒麟湾公园
偏僻的一角
一小片树林之间
我看见一把铁锹
支在其中一棵树上
还有两行脚印
从我站立的小径
迤逦到那里

这时一束阳光
从枝杈间倾泻而下
铁锹猛然一颤
仿佛活了
闪闪发光
逼人眯眼
白雪也顿失其白
惊起两只乌鸦
和一伙麻雀
扑簌簌四散开去

2013 年

秋天的蚂蚱

有一晚散步回来
上台阶的时候
老婆想从一级台阶
蹦上高一级台阶的愿望
未能得逞
过去能跳四级台阶
并且一口气蹦好几次的我
也只勉强跳了两级

2014 年

苦难星球

苦难星球
最大的资源
也就是苦难

苦难星球
打造特色旅游产业
自然要紧紧围绕它

难点是
在偌大的宇宙
客源并不丰富

地球人是首选
于是他们花重金
请来首批地球人

赔了夫人又折兵
之后再没有
地球人造访

旅游局长出马地球
找到游客里的一位
了解情况

“你们那点破东西
没什么好看的
在我们这里并不稀奇”

2014 年

手指

朋友游荡青海大地
十天后又回西宁
我设宴饯行
席间说起牦牛
那些高原的精灵
他竖起手指
对我特意为其点的
一道风干牦牛肉
他再次竖起手指
我注意到
是同一根手指

2014 年

告慰张老师在天之灵

初中时代
我一而再
再而三地
在听写时
都没能写对的
那个字
现在会写了
我写给你看：
雨字头
左下是虫豸的豸
右下是里外的里
不但如此
我还会用它组词：
雾霾
还会用它造句
很多句

2015 年

星期二午睡时刻

我睡得正香
一个电话打进来
“你是刘冰吗”
“不是，你打错了”

又翻身睡过去
一个电话打进来
“你是刘冰吗”
“不是，你打错了”

正处于转醒之际
第三个电话打进来
“你是刘冰吗”
“不是，你打错了”

第四个电话打进来时
我正准备起床
“你是刘冰吗”
我想我为什么不可以是刘冰呢

我说：“我是
你有什么事”
“对不起，
我打错了”

2015年

臭手打球

球在寻找它的洞
洞在等待它的球

一个球手出现了
可这是怎样的球手啊

球进去了
但进的不是球寻找的洞

球进来了
但进的不是洞等待的球

总是这样
老是这样——

洞等不到它的球
球找不着它的洞

2015 年

一个诗人

一个诗人
写了几百首诗
然后死了
几百年后
我在另一个诗人
一首诗的注释部分
见着他的名字
才了解到这个人
写过几百首诗
但一句都没留下
我捏了一把汗
转而想到他死了
并暗自庆幸他死了
不知道这个事
好像这个几百年前
也姓马的家伙
是我的亲戚

2015 年

暴雨将至

乌云正从北边压过来
我们单位的保洁员
手持水管加紧工作
她要赶在大雨瓢泼之前
把院子里还没有浇到的
最后那块草坪浇完

2016 年

关于招弟的记忆

小时候
有五个不同的
叫招弟的小姑娘
在我家过过夜
是被身为妇女主任
的我妈带回来的
她们的脸上
或者身上都有伤
我妈给她们涂紫药水
被我偷偷看到
她们之中只有一个
招来过小弟弟
但很快夭折了
那个有过弟弟的招弟
身上的伤最多

2015年

诗歌节上见厅长

她说：
“我来厅里大半年了
早就听说过你
也很想和你聊聊
但是你从来没找过我”

我说：
“请你原谅
我不是一把手
找你有越级的嫌疑”

“还有一点
请你理解
我是诗人
不好和领导走得太近”

2015年

错过

在刚刚过去的夏天
在西安小寨的天桥上
我被一位大学同窗
也是前女友拍入手机
她当时并不知道
是在事后整理照片时发现的
而我是在她把照片发过来后
才知道在那个时刻
我们俩同时出现在一个地点
硬生生地错过了
其时她在拍摄一个乞丐
无意间把我也拍了进去
从照片上看
我正经过这个乞丐
没给钱

2016 年

蜜月

西原携新婚妻子
来青海度蜜月
兼故地重游
日日奔波
夜夜大醉
轮到我出席那晚
我劝他说：
“老喝得烂醉如泥
这蜜月还怎么度？”
比我年长的老杨
像刚吃过陈醋
接去话头：
“现在的年轻人
早在结婚前
把该干的都干了”
我脱口而出：
“挺可惜的”

2016 年

自由

那年在杭州
参加一个文学培训班
有一晚我正在看书
同屋起来上厕所
见其赤身裸体
打我面前走过
令我大吃一惊
忙问：“裤头洗了？”
他答：“习惯了
在家就这样”
他还补充说：
“我喜欢自由”
我一下子火了：
“收起你的自由
它让我恶心
然后穿上你的裤头
滚进被窝
或者现在就给我
滚到外面去”

2016年

感动

在芝加哥
希尔顿逸林酒店
有一天早上
吃罢早餐回房间
怎么也打不开门
正自着急
从隔壁房间里
走出一个金发美女
不由分说
从我手里夺去房卡
用了老半天
额头渗出汗来
才把房门捅开
我感动了
我太容易感动了
我来自中国
这样的事情
从未经历过

2016 年

在芝加哥艺术学院遭遇梵高

我应该想到
梵高的画
小而朴素
事实上
我的确想到了
但当我亲眼目睹
梵高的画
的确如此
甚至比想象的
还要小而朴素
还是被镇住了
我的大师
正通过他的画
向我倾吐着
什么秘密

2016 年

亲密

人与人
变得越来越亲密
不管是男和男
女和女
还是男和女
从照片上看
等我也学会
手机自拍技术
才发现
原因所在
不往一块挤
装不进去

2016年

为什么

每见动物
不管它是
天上飞的
水里游的
陆上跑的
小到蚂蚁
大到老虎
我首先想到的
一般都是
它能不能吃

2016年

有时候我为什么憎恶知识分子

因为发明了制氨气
获得诺贝尔化学奖的
德国人福利次·哈伯
面对一战时参与
毒气制造的指责
辩解说："和平时期
科学家属于全世界
但在战争时期
他只属于他的祖国"

2016 年

中国智慧

写得多有什么好炫耀的
写得少才值得炫耀

写得少有什么好炫耀的
只写一首才值得炫耀

写一首有什么好炫耀的
一首不写才值得炫耀

一首不写有什么好炫耀的
顾左右而言他才值得炫耀

顾左右而言他有什么好炫耀的
嘴都不张仅竖指头才值得炫耀

2017 年

惦记

在广州
湘莲子给我讲起
她有一些病人
都好几十岁了
只有四五岁孩子的智力
她做过一项实验
给他们读古诗
他们如闻仙乐
高兴得手舞足蹈
给他们读现代诗
或者没有反应
或者表现出烦躁情绪
我没有听完
就差点跳起来
激动地建议她
赶紧写成诗
一个月过去了
我老惦记这件事
也不知道她写了没有

2017 年

现象

与儿子一起出行
坐过几趟火车
每次一进站台
我就会跑起来
不自觉地跑起来
反观儿子
跟没事儿人似的
慢慢腾腾
落在后面
每次我责备他
他都要反问一句：
“你跑什么跑
火车又不会跑了”

2017 年

诗人当有此心

第二次丢钱包
发生在年根
在医院里抽血时
我把过程
说给老耿听
他如是安慰我：
“小偷是穷人
也需要过年
你就当扶贫了
诗人当有此心”
说得真好
我的心情
立时晴朗了不少
可年还是没过好
做梦都想着
逮到小偷
将其掐死

2017 年

一幅图片

在大雪中的
天安门城楼前
一位执勤战士
笔直站立
眼神坚毅
身上和帽子上
甚至眉毛上
都落满了雪花
我在心里说：
“这又是何苦
你把它拍拍掉
又咋的了”

2017 年

第四辑 | 不好意思

难题

菜已下锅
突然发现
盐没有了
下楼去买
显然来不及
儿子急中生智：
“去对门借”
可他不知道
这是一个
巨大的难题

2017 年

换锁

“你要好的
还是差的”
“怎么讲”
“差的小偷一捅就开
好的谁都弄不开”
“那就好的吧”
“千万记住
出门带好钥匙
没有钥匙
你再别想进门了”
“我要真忘了呢”
“这个……
你手机里应该有
我的电话号码
你把它存好喽
可以给我打电话”

2017 年

火焰山

抵达火焰山
天空乌云密布
还滴下几点雨
据说这在此地
是极为罕见的
我在一个卖
冰淇淋的女孩脸上
看到的迷人微笑
不知是否与此有关
对游客里有人抱怨
无缘体会大热
感觉不过瘾
我是不以为然的

2017 年

福星

上一次北京见何力
是在他首张个人专辑
首发式的现场
一条胡同的酒吧里
此次在新疆相见
他刚录完一首
自己满意的歌曲
我听着也舒服

何力说：你是福星
一出现就能带给人好运
我知道我不是的
我没有这个能力
但成为福星
的确是我的心愿
并一直在为此而努力

2017 年

书剑

去新疆
我带了一本书
一个字儿没看
搁在皮箱夹层
直到回家
才拿出来
但我并没有
白带的感觉
我想到剑客
不是每次出门
都要杀人
但剑不离身
仍然是重要的

2017 年

恐怖

在斑马线上
我走在一个姑娘身后
得以看见
她盯视的手机
屏幕上正在播放
一个过街的姑娘
只顾看手机了
被撞飞的视频

2017 年

我在锡林塔拉草原上看到的

一行南归雁
就是天空
这位少女
长裙上的拉链
正在为我
缓缓打开

我的眼神都直了

2017 年

不好意思

我穿着牛皮鞋
来到草原
牛围拢过来
瞪着大眼睛
温柔地看我
弄得我
很不好意思

2017 年

太原行

国庆假期的太原行
没有给我留下好印象
我想主要原因出自
在下榻的汉庭酒店
大堂里目击的一幕：
两个丑陋的女服务员
刁难入住的一男一女
两个大学生模样的年轻人
非得让女生也出示身份证
否则连楼都不准上
男生一遍又一遍解释：
“她真没带身份证”
声音里都出现哭音了
也没能让老娘儿们心动
最终上楼的只有男生
女生咯吱咯吱地
脚蹭地板
在楼下等

2017 年

童话

我结婚的时候
没有自己的房子
是租用的一所
废弃技校的
一间办公室
吃喝拉撒
全在里面
冬天的早上
先要破除水缸
里的一层薄冰
才能得到洗脸水

我讲给单位里的
年轻人听
他们纷纷表示
这是童话故事
我没有反对
多么美好
亲爱的老婆
我们都成
童话人物了

2017年

虐童事件

儿子不吃芹菜
一口都不吃
源于上幼儿园时
吃芹菜吃伤了
我从没有想过
这有什么问题
直到有一天
我偶然了解到
芹菜有壮阳功效
令我勃然大怒
并将上述事情定性为
幼儿园虐童事件
其严重程度
比发生在今天的
所有虐童事件
有过之而无不及

2017 年

拉黑

我有一个亲戚
有点儿钱
成天在朋友圈
嚷嚷着
要往非洲捐
我最近买房
在私信里
向他借 10 万
并申明：算利息
一个星期过去了
也没能等到
他的答复
昨晚还发现
他把我拉黑了

2017 年

珠穆朗玛峰

我还是过去的观点
有些山不是用作
攀登和征服的
是用来像神灵一样
在心里供着
用眼睛仰望的
比如珠穆朗玛峰
不服不行
从人类登顶成功
至今不过几十年
就有几百具尸骨
撂在了那里

2018 年

一个日本人

一个其貌不扬的
日本人小岛先生
无偿投资在青海省
建了一个小岛基地
几十年过去了
年前他死了
但在一段时期
他仍然活着
在一部分中国人
也就是小岛基地
职工的心中
我为什么知道
其中有我老婆

2018年

谁敢说是美丽的

有人拍到了
美英法对叙利亚
实施的精准打击时
导弹在夜空中
划过的光弧
的确很美丽
但谁敢说是美丽的
你敢说是美丽的吗
我绝对不敢说是美丽的
估计没人敢说是美丽的
就是放导弹的人
也不一定就敢说
这是美丽的

2018 年

一个饺子

事实上
我看见了
刚才坐在我
邻桌吃饭的
是一个中国人
其实我根本
不需要看见
只要看一眼
他离开后
剩在盘子里
的一个饺子
就应该知道
刚才坐在邻桌
吃饭的是
一个中国人
还是老头
他只要了
一盘饺子

2018 年

恐怖事件

一觉醒来
我的手机上
出现来自
同一手机的
五次呼叫
我赶紧打过去
得到的答复是：
“您拨打的手机是空号”

2018 年

冷漠

酒足饭饱
到力盟散步
李海泉拦截了
好几个路人
给我们拍照
均遭拒绝
他总结为
城市人冷漠
我不赞同
我没喝酒
闻得出来
他散发出的
白酒味很大
搁我也不会
随便答应
一个醉鬼的请求
何况他拦截的对象
以姑娘为主

2018 年

情人节

七夕之夜
散步途中
我看见
好几对
牛郎织女
在细雨里
吵架

2018年

幸运儿

我注意到 24 年前
在克拉玛依大火中
有三个幸运儿
都是老师眼中的坏孩子
其中两个男孩子
没听“坐下来”的指挥
溜走得以保命
还有一个女孩
当天没有按规定穿校服
被老师打发回家
逃过一劫

2019 年

好消息

这是今天上午
我看到的
最好的消息了

在浏览一篇
许多大象
因为象牙
惨遭杀害
的文章之后

得知莫桑比克
越来越多的大象
不再长牙

2019 年

我已不堪到什么程度

昨晚散步途中
遭遇一个背书包
言称刚结束补课
满脸焦急的小女孩
找不到妈妈了
朝我借手机一用
在没有接通之前
有那么一会儿
我居然怀疑
她是个小骗子
脑海里还闪现出
如何夺回手机的
几个动作

2019 年

大跌眼镜

他说：
“避孕是不道德的”
他还身体力行
违背妻子意愿
一生之中
让她像猪一样
十六次怀孕
生了十三个儿女
其中五名夭折
还有三次流产

这话是伟大的
托尔斯泰说的
这事自然也是他干的

2019 年

十五块六

20 世纪七十年代
我妈在公共汽车上
丢过一次钱包
她哭天喊地
跟疯了一样
想钻进车轱辘底下
的心思都萌生了
当时我还不懂事
不记得这个情况
长大后她又讲起时
才给了我强烈的刺激
乃至产生后怕的情绪：
为了十五块六
现在也就值
一盘加肉干拌的钱
我差点成了没娘的孩子

2019 年

初到贵州

无数头骆驼
隐藏在密林
不见驼身
是驼峰
暴露了
它们的存在

2019年

这首诗我希望他能看到

想起宝鸡
是因为想起
那里的一位诗人
多年以前
他来西宁找我
我请他吃完饭
然后管我借钱
就凭他可以背出
我的几首诗
本来是应该借的
况且数额也不大
但还是被我拒绝了
当时不好意思说：
我参加工作不久
挣得不多
父母时有补贴
请他吃饭的钱
还是跑到隔壁
朝同事借的

2019 年

相信

虽然说没有安史之乱
就没有伟大的杜甫
已成公论
但如果可以选择
我倒是希望
宁可没有杜甫
只要没有安史之乱
作为他的同行
也基于对杜甫的了解
我有充足的理由相信
他不会反对

2019 年

黄金时代

在凉山
一个第三代诗人对我说：
“上世纪 80 年代
真是诗歌的黄金时代
四海之内皆兄弟
不管你写什么诗
即便身无分文
只要长着腿
走到哪里都是
好吃好喝好招待
还能免费泡妞
而今不行了
帮派林立
相互为敌
别说蹭吃蹭喝
道不同者见面
不给你吃一顿老拳
就算客气的”
“你说的都对
就是结论错了
那是诗人的黄金时代
不是诗歌的
诗歌的黄金时代

现在才刚刚开始”

我如是回应

但未做解释

2019 年

有过

我不知道
在走路时
踩死过
多少蚂蚁
我也不是
在走路时
老能意识到
踩死了蚂蚁
但一定有过
这样的意识
否则写不出
这首诗

2019 年

高瞻远瞩

一只白猫蹲在
花园的至高点
一根柱子上
四下打望
我们打此经过
你脱口而出：
“高瞻远瞩”
把我逗笑了
因为花园
在我家楼下
我知道情况
它是公猫
在找一只母猫
就在昨天晚上
我看见它们
刚刚好过

2019 年

处境

朱剑来电话
说到几天前
他参加工商局
广告方面的
一个会议
深受折磨
同时表达了
对我的佩服
他的原话是
“你成天开会
还能写出诗
真不容易”
其实这也是我
对自己的评语
很多年了
只是写成诗
还是第一次

2019 年

王洛宾纪念馆二题

一

一位山东出版同行
站在先生的一篇曲谱前
指着其中一句歌词说：
“这句有点猥琐
不过没有一点儿猥琐
恐怕也当不了艺术家”
另一位我一时想不起
是来自哪个省的同行
估计听着不爽
但我不知道为什么
把矛头指向了我：
“你怎么还点头？”

二

在演唱之前
讲解员先介绍了
《青春舞曲》
创作的背景：
系先生与第一任妻子
离婚之后创作的

一首伤感之作
演唱之后
大家议论纷纷
有的听出了伤感
有的听出了欢快
持后一种观点者
好像只有我

2019 年

花朵

在油砂山油田调研
有好一阵子
我都暗自纳闷
在这不长一根草
也就没有一朵花的地方
怎么会有这么多蝴蝶
它们该如何存活
直到看见一只蝴蝶
落到了一位采油女工
鲜艳的制服上

2019年

在菜市场

“粮食不出问题
中国的事就好办”
这一论断
我是在菜市场
采购的过程中
从手机上看到的
我一拍大腿
还叫了一声好
把卖猪肉的
吓了一跳

2020 年

冬日的菜市场

愤怒地说出
“菜比猪肉还贵”的
那个主儿走开之后
卖菜的斥之以鼻地
对我小声嘀咕：
“今天怎么这么倒霉
遇到的都是穷鬼
肯定很久没吃过肉了
连行情都不知道”
我没好意思提醒她
找错了倾诉对象

2020 年

沉默

前些天主持一个
有关文学的会时
我说："我希望
有更多的作家和诗人
走上领导岗位
世界也会因此
变得更美好一些"
众人沉默
这本来没什么
可要命的是
我也沉默了
尽管时间不长
也没敢长
我还知道
自己的责任

2020 年

天下熙熙

因为他要出一本书
我们互加了微信
从此以后
只要我发东西
他一定点赞
有时还转发
后来由于书稿质量
达不到出版要求
只能做退稿处理
再不见他点赞
更别提转发了
向毛主席保证
我把这事儿说出来
绝不是有意见
只是图个好玩

2020 年

我以为是幻觉

我听见墙上
一幅油画里的那只鸟
正在鸣叫
我还看见
翅膀微微抖动
我以为是幻觉
在返身来到户外
一头撞上春天之前

2020 年

停电

每次突然停电
我的第一反应
都是忘了充值
电表里没电了
尽管搬进这栋
先充值后用电的
大楼十多年了
由于自己的疏忽
造成的停电情况
只发生过一次

2020年

大屠杀

割草机过处

尸横遍野

惨不忍睹

蒲公英的

小黄脑袋

被悉数砍掉

尢有逃脱

目击并确证

这一场

大屠杀者

唯马非耳

2020 年

惊心

我买了一小盆
类似多肉的植物
叶片通红
十分好看
但令我惊心的
绝非如上原因
是买的时候
卖家叮嘱我的话：
“让它渴着
看它要死了
再给它浇水
才能达到
这样的效果”

2020 年

世界的中心

有人终于把
世界的中心
在什么地方
说清楚了
原来位于
他从中走出来的
一个小山沟里

在陕西

2020 年

我与牛杂店只隔一百米但被一堵墙隔开了

牛杂店爆炸的时候
我正在排队买点心
我听到了声响
但不知道是爆炸
更不知道是
牛杂店爆炸了
我是十分钟之后
回到家一边吃桃酥
一边拨拉手机
无意中看到的
还死了两个人

2020 年

退化

作为政工干部
父亲的一生
还客串过
电工
木工
水暖工
屠夫
农夫
樵夫
花匠
泥瓦匠
饲养员
理发师
人民教师
拖拉机司机
凡此种种
不一而足
而他的儿子
除了能摆弄
一些文字
其他方面
跟白痴差不多
换个灯泡

腿肚子
直哆嗦

2020年

诅咒

在绵阳
对于女诗人
告诉我们
为应对不时之需
存了几万元的
食品这档事
表面我不置可否
内心里却进行了
猛烈的诅咒
我希望这些东西
悉数霉掉烂掉
派不上用场

2020 年

在西安地铁上

我妈的座位
是一个年轻人
给让的
当她的旁边
又出现一个
空座之时
她并未顾及
站着的
另一个老人
一把拉我坐下
我站起身来
又让给了
那个老人
是另一回事

2020 年

惊心事

大疫之年
最令我惊心的事情
莫过于国庆在西安
与朱剑匆匆相见
告别握手时感到的
其掌心的粗糙
吓了我一跳

2020 年

告左右

左右给我布置的
写一首歌咏滩羊
的诗歌作业
我完不成了
尽管此次宁夏行
我是带着作业本的
但在饱食一顿
美味无比的滩羊
手抓肉之后
再写一首赞美
滩羊的诗歌
我的笔无论如何
也落不下去

2020 年

雨夜

一个藏族老太太
和一对年轻的
藏族男女
在昏暗的路灯下
的人行道上
弯腰寻找什么
捡起一个
就丢进绿化带
如是再三
走近我才看明白
是被雨水
从杨树上击落的
小虫子

2020 年

马非

本名王绍玉，生于 1971 年，现居西宁。任青海人民出版社总编辑，兼任青海省作家协会副主席。

部分作品被译成英语、德语、西班牙语、韩语、日语。荣获 2013 年长安诗歌节现代诗成就奖、磨铁诗歌奖 · 2017 中国年度诗人大奖、第十届（2020）《新世纪诗典》李白诗歌奖成就奖、李白诗歌奖 · 中国新世纪十大诗人奖。

代表作品

《一行乘三》

《致全世界的失恋书》

《宝贝》

《青海湖》

《四处走动》

《我不是来睡觉的》

有度文化

那个人——马非诗选（1991–2020）

出 品 人｜郭文礼　　选题策划｜古卫红　　责任编辑｜刘文飞
复　　审｜陈学清　　终　　审｜古卫红　　书籍设计｜张永文
印装监制｜郭　勇　　项目运营｜有度文化·刘文飞工作室
投稿邮箱｜liuwenfei0223@163.com
微　　博｜http://weibo.com/liuwenfei0223　　微信公众号｜YOUDU_CULTURE